中國書店藏版古籍叢刊

稼軒詞

中國書店

出版説明

《宋六十名家詞》，明毛晉編。

毛晉（一五九九—一六五九），原名鳳苞，後改名晉，字子晉，别號潛在，江蘇常熟人。少爲諸生，嗜讀書和宋元精本名抄。年輕時即從事編校刻書，於故里構築汲古閣，專門收藏和傳刻古書，直至去世。所刻書籍，流布甚廣，著名的有《宋六十名家詞》、《十三經注疏》、《十七史》、《六十種曲》、《津逮秘書》等。

《宋六十名家詞》共分六集，包括自晏殊《珠玉詞》至盧炳《烘堂詞》共六十一家。所刻詞集的先後次序，按得詞付刻的時間爲準，不依時代排列。每家詞集之後，各附以跋語，或説明版本，

或介紹詞人，或進行評論。自該書刊刻以來，成爲流傳最廣的宋人詞集之一，是研究詞學的重要叢書。至清光緒年間，錢塘振綺堂汪氏有感於《宋六十名家詞》汲古閣原本日漸稀缺，乃據以翻刻刷印，以便學人。

今鑒於詞集豐富的文學、藝術價值，中國書店據清光緒錢塘汪氏振綺堂刊本擇取部分詞集刷印。由於年代久遠，原版偶有殘損，刷印時特參照原書對殘損之頁進行了必要補配，以保持完整。該書的出版，不僅爲學術研究、古籍文獻整理做出了積極貢獻，也爲雕版刷印古籍的收藏者提供了一部珍稀的版本。

中國書店出版社

壬辰年夏

蔡元工於詞靖康中陷虜庭稼軒以詩詞謁見蔡曰子之詩則未也他日當以詞名家故稼軒晚年來卜築奇獅專工長短句累五百首有奇但詞家爭鬬穠纖而稼軒率多撫時感事之作磊落英多絕不作妮子態宋人以東坡爲詞詩稼軒爲詞論善評也古虞毛晉記

稼軒詞目錄

卷第一

卷第二

卷第三

卷第四

稼軒詞目錄終

稼軒詞卷一

宋　辛棄疾

哨徧　秋水觀

蝸角鬬爭左觸右蠻一戰連千里君試思方寸此心微總虛空并包無際喻此理何言泰山毫末從來天地一稊米嗟小大相形鳩鵬自樂之二蟲又何知記跖行仁義孔丘非更殤樂長年老彭悲火鼠論寒氷蠶語熱定誰同異　噫貴賤隨時連城纔換一羊皮誰與齊萬物莊周吾夢見之正商略遺篇翩然顧笑空堂夢覺題秋水有客問洪河百川灌雨涇流不辨涯涘於是焉河伯欣然喜以天下之美盡在已渺滄溟望洋東視逡巡向若驚歎謂我非逢子大方達觀之家未免長見悠然笑耳此堂之水幾何其但清溪一曲而已

又　用前韻

一壑自專五柳笑人晚乃歸田里問誰知幾者動之微望飛鴻冥冥天際論妙理濁醪正堪長醉從今自釀躬耕米嗟美惡難齊盈虛如代天耶何必人知試回頭五十九年非似夢裏歡娛覺來悲夔乃憐蚿穀亦亡羊算來何異　嘻物諱窮時豐狐文豹罪因皮富貴非吾願遑遑乎欲何之正萬籟都沈月明中夜心彌萬里清如水却自覺神遊歸來坐對依稀淮岸

江淚看一時魚鳥忘情喜會我已忘機更忘已又何曾物我相視非魚濠上遺意要是吾非子但敎河伯休慚海若大小均爲水耳世間喜慍更何其笑先生三仕三已

又

趙昌父之祖季思學士退居鄭圃有亭名魚計宇文叔通爲作古賦今昌父之弟成父於所居鑿池築亭榜以舊名爲成父作詩屬余賦哨徧莊周論於蟻棄知於魚得計於羊棄意其義美矣然上文論蝨託於豕而得焚羊肉爲蟻所慕而致殘下文將併結二義乃獨置豕蝨不言而遽論魚其義無所從起又間於羊蟻兩句之間使羊蟻之義離不相屬何耶其必有深意存焉顧後人未之曉耳或言蟻得水而死羊得水而病魚得水而活此最穿鑿不成意趣余嘗反復尋繹終未能得意世必有能讀此書而了其義者他日倘見之而問焉姑先識余疑於此詞云爾

池上主人人適忘魚魚適還忘水洋洋乎翠藻青萍裏相魚兮無便於此嘗試思莊周談兩事一明豕蝨一羊蟻說蟻慕於羶於蟻弃知又說於羊棄意甚蝨焚於豕獨忘之却驟說於魚爲得計千古遺文我不知言以我非子　噫子固非魚魚之爲計子焉知河水深且廣風濤萬頃堪依有網罟如雲鵜鶘成陣過而留泣計應非其外海茫茫下有龍伯飢時一啖千里更任公五十犗爲餌使海上人人厭腥味似鵾鵬變化幾東遊入海此計直以命爲嬉古來謬算狂圖五鼎烹死柏爲平地嗟魚欲事遠遊時請三思而行可矣

六州歌頭 屬得疾暴甚醫者莫曉其狀小愈困臥無聊戲作以自釋

晨來問疾有鶴止庭隅吾語汝只三事太愁余病難扶手種青松樹礙梅塢妨花徑纔數尺如人立卻須鋤 秋水堂前曲沼明於鏡可燭眉鬚被山頭急雨耕壟灌泥塗誰使吾廬映汙渠歎青山好簷外竹遮欲盡有還無刪竹去吾乍可食無魚愛扶疎又欲爲山計千百慮累吾軀 凡病此吾過矣子奚知口不能言臆對雖盧扁藥石難除有要言妙道往問北山愚庶有瘳乎

蘭陵王 賦一邱一壑

一邱壑老子風流占卻茅簷上松月桂雲脈脈石泉逗山腳尋思前事錯惱殺晨猿夜鶴終須是鄧禹輩人錦繡麻霞坐黃閣 長歌自深酌看天闊鳶飛淵靜魚躍西風黃菊香噴薄悵日暮雲合佳人何處紉蘭結佩帶杜若入江海曾約 遇合事難托莫擊磬門前荷蕢人過仰天大笑冠簪落待說與窮達不須疑著古來賢者進亦樂退亦樂

又 己未八月二十日夜夢有人以石研屏見餽者其色如玉光潤可愛中有一牛磨角作鬬狀云湘潭里中有張其姓者多力善鬬號張難敵一日與人搏偶敗忿赴河而死居三日其家人來視之浮水上則牛耳自後並水之山往往有此石或得之里中輒不利夢中異之爲作詩數百言大抵皆取古之怨憤變化異物等事覺而忘其言後三日賦詞以識其異

恨之極恨極銷磨不得萇弘事人道後來其血三年化爲碧鄭人緩也泣吾父攻儒助墨十年夢沈痛化余秋柏之間旣爲實　相思重相憶被怨結中腸潛動精魄望夫江上巖巖立嗟一念中變後期長絕君看啟母憤所激又俄頃爲石　難敵最多力甚一忿沈淵精氣爲物依然困鬬牛磨角用便影入山骨至今雕琢詩思人世只合化夢中蝶

賀新郎 賦水仙

雲臥衣裳冷看蕭然風前月下水邊幽影羅襪生塵淩波去湯沐煙波萬頃愛一點嬌黃成暈不記相逢曾解佩甚多情爲我香成陣待和淚收殘粉　靈均千古懷沙恨記當時匆匆忘把此仙題品煙雨淒迷僝僽損翠袂搖搖誰整漫寫入瑤琴幽憤絃斷招魂無人賦但金杯的皪銀臺潤愁殢酒又獨醒

又 賦海棠

著厭霓裳素染臙脂苎羅山下浣沙溪渡誰與流霞千古醞引得東風相誤從臾入吳宮深處鬢亂釵橫渾不醒轉越江剗地迷歸路煙艇小五湖去　當時倩得春留住就錦屏一曲種種斷腸風度纔是清明三月近須要詩人妙句笑援筆殷勤爲賦十樣蠻牋紋錯綺粲珠璣淵擲驚風雨重喚酒共花語

又 賦滕王閣

高閣臨江渚訪層城空餘舊迹黯然懷古畫棟朱簾當日事不見朝雲暮雨但遺下西山南浦天宇修眉浮新綠映悠悠潭影恨如故空有恨奈何許　王郎健筆誇翹楚到如今落霞孤鶩競傳佳句物換星移知幾度夢想珠歌翠舞爲徙倚闌干凝佇目斷平蕪蒼波晚快江風一瞬澄襟暑誰共飲有詩侶

又賦琵琶

鳳尾龍香撥自開元霓裳曲罷幾番風月最苦潯陽江頭客畫舸亭亭待發記出塞黃雲堆雪馬上離愁三萬里望昭陽宮殿孤鴻沒絃解語恨難說　遼陽驛使音塵絕瑣窗寒輕攏慢撚珠淚盈睫推手含情

還卻手一抹梁州哀徹千古事雲飛煙滅賀老定傷無消息想沈香亭北繁華歇彈到此爲嗚咽

又

柳暗淩波路送春歸猛風暴雨一番新綠千里瀟湘葡萄漲人解扁舟欲去又檣燕留人相語艇子飛來生塵步唾花寒唱我新番句波似箭催鳴櫓　黃陵祠下山無數聽湘娥泠泠曲罷爲誰情苦行到東吳春已暮正江闊潮平穩渡望金雀觚稜翔舞前度劉郎今重到問玄都千樹花存否愁爲倩幺絃訴

又 陳同父自東陽來過余留十日與之同游鵝湖且會朱晦庵於紫溪不至飄然東歸旣別之明日余意中殊戀戀復欲追路至鷺鷥林則雪深泥滑不得前矣獨飲方村悵然久之

頗恨挽留之不遂也夜半投宿吳氏泉湖四望樓聞隣笛悲甚爲賦乳燕飛以見意又五日同父書來索詞心所同然者如此可發千里一笑

把酒長亭說看淵明風流酷似臥龍諸葛何處飛來林間鵲蹙踏松梢殘雪要破帽多添華髮剩水殘山無態度被疎梅料理成風月兩三雁也蕭瑟　佳人重約還輕別悵清江天寒不渡水深氷合路斷車輪生四角此地行人銷骨問誰使君來愁絕鑄就而今相思錯料當初費盡人間鐵長夜笛莫吹裂

又 同父見和再用韻答之

老大那堪說似而今元龍臭味孟公瓜葛我病君來高歌飲驚散樓頭飛雪笑富貴千鈞如髮硬語盤空

誰來聽記當時只有西窗月重進酒換鳴瑟　事無兩樣人心別問渠儂神州畢竟幾番離合汗血鹽車無人顧千里空收駿骨正目斷關河路絕我最憐君中宵舞道男兒到此心如鐵看試手補天裂

又 用前韻贈金華杜仲高

細把君詩說恍餘音鈞天浩蕩洞庭膠葛千丈陰崖塵不到惟有層氷積雪乍一見寒生毛髮自昔佳人多薄命對古來一片傷心月金屋冷夜調瑟　去天尺五君家別看乘空魚龍慘淡風雲開合起望衣冠神州路白日銷殘戰骨歎夷甫諸人清絕夜半狂歌悲風起聽錚錚陣馬簷間鐵南共北正分裂

又 三山雨中游西湖有懷趙丞相

翠浪吞平野挽天河誰來照影臥龍山下煙雨偏宜晴更好約略西施未嫁待細把江山圖畫千頃光中堆灩澦似扁舟欲下瞿塘馬中有句浩難寫 詩人例入西湖社記風流重來手種綠成陰也陌上游人誇故國十里水晶臺榭更複道橫空清夜粉黛中洲歌妙曲問當年魚鳥無存者堂上燕又長夏

又 和前韻

覓句如東野想錢塘風流處士水仙祠下更憶小孤煙浪裏望斷彭郎欲嫁是一色空濛難畫誰解胸中吞雲夢試呼來草賦看司馬須更把上林寫 雞豚

舊日漁樵社問先生帶湖春漲幾時歸也爲愛瑠璃三萬頃正臥水亭煙榭對玉塔微瀾深夜雁鶩如雲休報事被詩逢敵手皆勍者春草夢也宜夏

又 又和前韻

碧海成桑野笑人間江翻平陸水雲高下自是三山顏色好更看雨婚煙嫁料未必龍眠能畫擬向詩人求幼婦倩諸君妙手皆談馬須進酒爲陶寫 回頭鷗鷺瓢泉社莫吟詩莫拋酒尊是吾盟也千騎而今遮白髮忘卻滄浪亭榭但記得灞陵呵夜我輩從來文字飲怕壯懷激烈須歌者蟬噪也綠陰夏

又 別茂嘉十二弟鵜鴂杜鵑實兩種見離騷補註

綠樹聽鵜鴂更那堪鷓鴣聲住杜鵑聲切啼到春歸無尋處苦恨芳菲都歇算未抵人間離別馬上琵琶關塞黑更長門翠輦辭金闕看燕燕送歸妾　將軍百戰身名烈向河梁回頭萬里故人長絕易水蕭蕭西風冷滿座衣冠似雪正壯士悲歌未徹啼鳥還知如許恨料不啼清淚長啼血誰共我醉明月

又　題趙兼善龍圖東山小魯亭

下馬東山路恍臨風周情孔思悠然千古寂寞東家丘何在縹緲危亭小魯試重上巖巖高處更憶公歸西悲日正濛濛陌上多零雨嗟費却幾章句　謝公雅志還成趣記風流中年懷抱長攜歌舞政爾良難

君臣事晚聽秦箏聲苦快滿眼松篁千畝把似渠垂功名淚算何如且作溪山主雙白鳥又飛去

又　題傅君用山園

曾與東山約爲鯈魚從容分得清泉一勺堪笑高人讀書處多少松窗竹閣甚長被遊人占卻萬卷何言達時用士方窮早與人同樂新種得幾花藥　山頭怪石蹲秋鶚俯人間塵埃野馬孤撐高攫拄杖危亭扶未到已覺雲生兩腳更換卻朝來毛髮此地千年曾物化莫呼猿且自多招鶴吾亦有一邱壑

又　用韻題趙晉臣敷文積翠巖余謂當築陂於其前

拄杖重來約到東風洞庭張樂滿空簫勺巨海拔犀

頭角出東向北山高閣倘依舊爭前又卻老我傷懷
登臨際問何方可以平哀樂唯是酒萬金藥　勸君
且作橫空鶚更休論人間腥腐紛紛烏攫九萬里風
斯在下翻覆雲頭雨腳快直上崑崙濯髮好臥長虹
陂千里是誰言聽取雙黃鶴攜翠影浸雲壑

又　韓仲止判院山中見訪席上用前韻

聽我三章約有談功談名者舞談經深酌作賦相如
親滌器識字子雲投閣算枉把精神費卻此會不如
公榮者莫呼來政爾妨人樂醫俗士苦無藥　當年
眾鳥看孤鶚意飄然橫空直把曹吞劉攫老我山中
誰是伴須信窮愁有腳似翦盡還生僧髮自斷此生

天休問倩何人說與乘軒鶴吾有志在邱壑

又　邑中園亭僕皆為賦此詞一日獨坐停雲水聲山色競來相娛意溪山欲援例者遂作數語庶幾彷彿淵明思親友之意云

甚矣吾衰矣悵平生交游零落只今餘幾白髮空垂
三千丈一笑人間萬事問何物能令公喜我見青山
多嫵媚料青山見我應如是情與貌略相似　一尊
搔首東窗裏想淵明停雲詩就此時風味江左沈酣
求名者豈識濁醪妙理回首叫雲飛風起不恨古人
吾不見恨古人不見吾狂耳知我者二三子

又　再用前韻

鳥倦飛還矣笑淵明缾中儲粟有無能幾蓮社高人

留翁語我醉寧論許事試沽酒重斟翁意一見蕭然音韻古想東籬醉卧參差是千載下竟誰似　元龍百尺高樓裏把新詩殷勤問我停雲情味北夏門高從拉攞何事須人料理翁曾道繁華朝起塵土人言寧可用顧青山與我何如耳歌且和楚狂子

又　題傅巖叟悠然閣

路入門前柳到君家悠然細說淵明重九晚歲淒其無諸葛惟有黃花入手更風雨東籬依舊頻顧南山高如許是先生拄杖歸來後山不記何年有　是中不滅康廬秀倩西風爲吾喚起翁能來否鳥倦飛還平林去雲自無心出岫賸準備新詩幾首欲辨忘言當年意慨遙遙我去羲農久天下事可無酒

又　用前韻再賦

肘後俄生柳歎人生不如意事十常八九右手淋浪才有用閒卻持螯左手漫贏得傷今感舊投閣先生惟寂寞笑是非不了身前後持此語問烏有　青山幸自重重秀問新來蕭蕭木落頗堪秋否總被西風都瘦損依舊千巖萬岫把萬事無言搔首翁比渠儂人誰好是我常與我周旋久寧作我一杯酒

又　嚴和之好古博雅以嚴本莊姓取蒙莊子陵四事曰濮上曰濮梁曰齊澤曰嚴瀨爲四圖屬余賦詞余爲蜀君平之高楊子雲所謂雖隋和何以加諸者班孟堅獨取子雲所稱述爲王貢諸傳序引不敢以其姓名列諸傳尊之也故余謂和之當併圖君平像置之四圖

之開庶幾嚴氏之高節備焉作乳燕飛詞使歌之

瀨上看垂釣更風流羊裘澤畔精神孤矯楚漢黃金公卿印比看漁竿誰小但過眼纔堪一笑惠子焉知濠梁樂望桐江千丈高臺好煙雨外幾魚鳥　古來如許高人少細平章兩翁似與巢由同調已被堯知方洗耳畢竟塵汙人了要名字人間如掃我愛蜀莊沈冥者解門前不使徵車到君爲我盡三老

又　邢徐斯遠下第謝諸公載酒韻

逸氣軒眉宇似王良輕車熟路驊騮欲舞我覺君非池中物咫尺蛟龍雲雨時與命猶須天賦蘭佩芳菲無人問歎靈均欲向重華訴空鬱鬱共誰語　兒曹

不料楊雄賦怪當年甘泉誤說青蔥玉樹風引船回滄溟闊目斷三山伊阻但笑指吾廬何許門外蒼官三百輩盡堂堂八尺鬚髯古誰載我帶湖去

念奴嬌　書東流村壁

野塘花落又匆匆過了清明時節剗地東風欺客夢一枕雲屏寒怯曲岸持觴垂楊繫馬此地曾輕別樓空人去舊遊飛燕能說　聞道綺陌東頭行人曾見簾底纖纖月舊恨春江流不斷新恨雲山千疊料得明朝尊前重見鏡裏花難折也應驚問近來多少華髮

又　登建康賞心亭呈史留守致道

我來弔古上危樓贏得閒愁千斛虎踞龍盤何處是只有興亡滿目柳外斜陽水邊歸鳥隴上吹喬木片帆西去一聲誰噴霜竹　卻憶安石風流東山歲晚淚落哀箏曲兒輩功名都付與長日惟消碁局寶鏡難尋碧雲將暮誰勸杯中綠江頭風怒朝來波浪翻屋

又　西湖和人韻

晚風吹雨戰新荷聲亂明珠蒼璧誰把香奩收寶鏡雲錦周遭紅碧飛鳥翻空遊魚吹浪慣趁笙歌席坐中豪氣看君一飲千石　遙想處士風流鶴隨人去已作飛僊客茆舍疎籬今在否松竹已非疇昔欲說當年望湖樓下水與雲寬窄醉中休問斷腸桃葉消息

又　和韓南澗載酒見過雪樓觀雪

兔園舊賞悵遺蹤飛鳥千山都絕縞帶銀杯江上路惟有南枝香別萬事新奇青山一夜對我頭先白倚巖千樹玉龍飛上瓊闕　莫惜霧鬢雲鬟試教騎鶴去約尊前月自與詩翁磨凍硯看掃幽蘭新闋便擬明年人間揮汗留取層冰潔此君何事晚來曾爲腰折

又　賦雨巖效朱希真體

近來何處有吾愁何處還知吾樂一點淒涼千古意

獨倚西風寥闊蓊竹尋泉和雲種樹喚做眞閒箇此心閒處未應長籍邱壑　休說往事皆非而今覺是且把酒尊酧醉裏不知誰是我非月非雲非鶴露冷松梢風高桂子醉了還醒卻北窗高臥莫教啼鳥驚著

又 雙陸和陳仁和韻

少年橫槊氣憑陵酒聖詩豪餘事袖手旁觀初未識兩兩三三而已變化須臾鷗翻石鏡鵲抵星橋外搗殘秋練玉砧猶想纖指　堪笑千古爭心等閒一勝拚了光陰費老子忘機渾漫與鴻鵠飛來天際武媚宮中韋娘局上休把興亡記布衣百萬看君一笑沈醉

又 賦白牡丹和范先之韻

對花何似似吳宮初敎翠圍紅陣欲笑還愁羞不語惟有傾城嬌韻翠蓋風流牙籤名字舊賞那堪省天香染露曉來衣潤誰整　最愛弄玉團酥就中一朵曾入揚州詠華屋金盤人未醒燕子飛來春盡最憶當年沈香亭北無限春風恨醉中休問夜深花睡香冷

又 和信守王道夫席上韻

風狂雨橫是邀勒園林幾多桃李待上層樓無氣力塵滿闌干誰倚傍火添衣移香就枕莫捲朱簾起元

宵過也春寒猶自如此　爲問幾日新晴鳩鳴屋上鵲報簷前喜揩拭老來詩句眼要看拍堤春水月下憑肩花邊繫馬此興今休矣溪南酒賤光陰只在彈指

又 戲贈善作墨梅者

江南盡處墮玉京僊子絕塵英秀彩筆風流偏解寫姑射冰姿清瘦笑殺春工細窺天巧妙絕應難有丹青圖畫一時都愧凡陋　還似籬落孤山嫩寒清曉祇欠香沾袖淡竚輕盈誰付與弄粉調朱纖手疑是花神揭來人世占得佳名久松篁佳韻倩君添做三友

又 題梅

疎疎淡淡問阿誰堪比太眞顏色笑殺東君虛占斷多少朱朱白白雪裏溫柔水邊明秀不借春工力骨清香嫩迥然天與奇絕　嘗記寶篽寒輕瑣窗睡起玉纖輕摘漂泊天涯空瘦損猶有當年標格萬里風煙一溪霜月未怕欺他得不如歸去閬風有箇人惜

又 瓢泉酒酣和東坡韻

倘來軒冕問還是今古人間何物舊日重城愁萬里風月而今堅壁藥籠功名酒壚身世可惜蒙頭雪浩歌一曲坐中人物三傑　休歎黃菊凋零孤標應也有梅花爭發醉裏重揩西望眼惟有孤鴻明滅萬事

從敎浮雲來去枉了衝冠髮故人何在長庚應伴殘
月

又 再用韻和洪莘之通判丹桂詞

道人元是道家風來作煙霞中物幰裁犀遮不定紅
透玲瓏油壁借得春工惹將秋露薰做江梅雪我評
花譜便應推此爲傑 憔悴何處芳枝十郎手種看
明年花發生斷虛空香色界不怕西風起滅別駕風
流多情更要簪滿嫦娥髮等閒折盡玉斧重倩修月

又

洞庭春晚舊傳恐是人間尤物收拾瑤池傾國豔來
向朱闌一壁透戶龍香隔簾鶯語料得肌如雪月妖

眞態是誰敎避人傑 酒罷歸對寒窗相留昨夜應
是梅花發賦了高唐猶想像不管孤燈明滅半面難
期多情易感愁幾點星星髮繞梁聲在爲伊忘味三
月

又 趙晉臣敷文十月望生日自賦詞屬余和韻

看公風骨似長松磊落多生奇節世上兒曹都蓄縮
凍芋旁堆秋瓞結屋溪頭境隨人勝不是江山別紫
雲如陣妙歌爭唱新闋 尊酒一笑相逢與公臭味
菊花蘭須悅天上四時調玉燭萬事宜詢黃髮看取
東歸周家叔父手把元龜說祝公長似十分今夜明
月

又 和趙國興知錄韻

爲沽美酒過溪來誰道幽人難致更覺元龍樓百尺湖海平生豪氣自歎年來看花索句老不如人意東風歸路一川松竹如醉　怎得身似莊周夢中蝴蝶花底人間世記取江頭三月暮風雨不爲春計萬斛愁來金貂頭上不抵銀瓶貴無多笑我此篇聊當賓戲

又 重九席上

龍山何處記當年高會重陽佳節誰與老兵共一笑落帽參軍華髮莫倚忘懷西風也解點檢尊前客淒涼今古眼中三兩飛蝶　須信采菊東籬千載之上只有陶彭澤愛說琴中如得趣絃上何勞聲切試把空林翁還肯道何必杯中物臨風一笑請翁同醉今夕

又 用韻答傅先之提舉

君詩好處似鄒魯儒家還有奇節下筆如神彊押韻遺恨都無毫髮炙手炎來掉頭冷去無限長安客丁寧黃菊未消勾引蜂蝶　天上絳闕清都聽君歸去我自癯山澤人道君才剛百鍊美玉都成泥切我愛風流醉中傾倒丘壑胸中物一杯相屬莫孤風月今夕

又 賦傅巖叟香月堂兩梅

未須草草賦梅花多少騷人詞客總被西湖林處士不肯分留風月疎影橫斜暗香浮動把斷春消息試將花品細參今古人物　看取香月堂前歲寒相對楚龔之潔自與詩家成一種不係南昌仙籍怕是當年香山老子姓白名來江國謫人仙字太白還又名白

又 余既爲傅巖叟兩梅賦詞傅君用席上有請云家有四古梅今百年矣未有一品題乞援香月堂例欣然許之且用前篇體製戲賦

是誰調護歲寒枝都把蒼苔封了茆舍疎籬江上路清夜月高山小摸索應知曹劉沈謝何況霜天曉芬芳一世料君長被花惱　惆悵立馬行人一枝最愛竹外橫斜好我向東憐會醉裏喚起詩家二老柱杖而今婆娑雪裏又識商山皓請君置酒看渠與我傾倒

沁園春 帶湖新居將成

三徑初成鶴怨猿驚稼軒未來甚雲山自許平生意氣衣冠人笑抵死塵埃意倦須還身閒貴早豈爲蓴羹鱸鱠哉秋江上看驚弦雁避駭浪船回　東岡更葺茅齋好都把軒窗臨水開要小舟行釣先應種柳疎籬護竹莫礙觀梅秋菊堪餐春蘭可佩留待先生手自栽沈吟久怕君恩未許此意徘徊

又 送趙景明知縣東歸再用前韻

佇立瀟湘黃鵠高飛望君未來快東風吹斷西江對語急呼斗酒旋拂塵埃卻怪英姿有如君者猶欠封侯萬里哉空贏得道江南佳句只有方回　歸帆畫舫行齋悵雪浪粘天江景閒記我行南浦送君折柳君逢驛使為我攀梅落帽山前呼鷹臺下人道花須滿縣栽都休問看雲霄高處鵬翼徘徊

又　戊申歲奏邸忽騰報謂余以病挂冠因賦此

老子平生笑盡人間兒女怨恨況白頭能幾定應獨往青雲得意見說長存抖擻衣冠憐渠無恙合挂當年神武門都如夢算能爭幾許雞曉鐘昏　此心無有新冤況抱甕年來自灌園但淒涼顧影頻悲往事

殷勤對佛欲問前因卻怕青山也妨賢路休鬬尊前見在身山中友試高吟楚些重與招魂

又　期思舊呼奇獅或云碁獅皆非也余考之荀卿書云孫叔敖期思之鄙人也期思屬弋陽郡此地舊屬弋陽縣雖古之弋陽期思見之圖記者不同然有弋陽則有期思也橋壞復成父老請余賦作沁園春以證之

有美人兮玉佩瓊琚吾夢見之問斜陽猶照漁樵故里長橋誰記今古期思物化蒼茫神遊彷彿春與猿吟秋鶴飛還驚嘯向晴波忽見千丈虹霓　覺來西望崔嵬更上有青楓下有溪待空山自薦寒泉秋菊中流卻送桂棹蘭旗萬事長嗟百年雙鬢吾非斯人誰與歸憑闌久正清愁未了醉墨休題

又 答余叔良

我試評君君定何如玉川似之記李花初發乘雲共語梅花開後對月相思白髮重來畫橋一望秋水長天孤鶩飛同吟處看珮搖明月衣捲青霓 相君高節崔嵬是此處耕巖與釣溪被西風吹盡村簫社鼓青山留得松蓋雲旗弔古愁濃懷人日暮一片心從天外歸新詞好似凄涼楚些字字堪題

又 答楊世長

我醉狂吟君作新聲倚歌和之算芬芳定向梅間得意輕清多是雪裏尋思朱雀橋邊何人會道野草斜陽春燕飛都休問甚元無霽雨卻有晴霓 詩壇千丈崔嵬更有筆如山雲作溪著君才未數曹劉敵手風騷合受屈宋降旗誰識相如平生自許慷慨須乘駟馬歸長安路問垂虹千柱何處曾題

又 靈山齊菴賦時築偃湖未成

疊嶂西馳萬馬回旋眾山欲東正驚湍直下跳珠倒濺小橋橫截缺月初弓老合投閒天教多事檢校長身十萬松吾廬小在龍蛇影外風雨聲中 爭先見面重重看爽氣朝來三四峰似謝家子弟衣冠磊落相如庭戶車騎雍容我覺其間雄深雅健如對文章太史公新隄路問偃湖何日煙水濛濛

又 賦丹溪

有酒忘杯有筆忘詩弄溪奈何看從橫斗轉龍蛇起陸崩騰決去雪練傾河嫋嫋東風悠悠倒影搖動雲山水又波還知否欠菖蒲攢港綠竹緣坡　長松誰翦嵯峨笑野老來耘山上禾算只因魚鳥天然自樂非關風月閒處偏多芳草春深佳人日暮濯髮滄浪獨浩歌徘徊久人間有誰似老子婆娑

又　期思卜築

一水西來千丈晴虹十里翠屏喜草堂經歲重來杜老斜川好景不負淵明老鶴高飛一枝移宿長笑蝸牛戴屋行平章了待十分佳處著箇茅亭　青山意氣崢嶸似爲我歸來嫵媚生解頻教花鳥前歌後舞更催雲水暮送朝迎酒聖詩豪可能無勢我乃而今駕馭卿清溪上被山靈卻笑白髮歸耕

又　將止酒戒酒杯使勿近

杯汝前來老子今朝點檢形骸甚長年抱渴咽如焦釜于今喜溢氣似奔雷漫說劉伶古今達者醉後何妨死便埋渾如許歎汝於知己眞少恩哉　更憑歌舞爲媒算合作人間鴆毒猜況疾無小大生於所愛物無美惡過則爲災與汝成言勿留亟退吾力猶能肆汝杯杯再拜道麾之卽去有召須來

又　城中諸公載酒入山余不得以止酒爲解遂破戒一醉再用韻

杯汝知乎酒泉罷侯鴟夷乞骸更高陽入謁都稱虀

白杜康初筮正得雲雷細數從前不堪餘恨歲月都將麴蘖埋君詩好似提壺卻勸沽酒何哉　君言病豈無媒似壁上雕弓蛇暗猜記醉眠陶令終全至樂獨醒屈子未免沈菑欲聽公言慙非勇者司馬家兒解覆杯還堪笑借今宵一醉爲故人來

又　用邴原事壽趙茂嘉郎中時以置兼濟倉賑濟里中除直秘閣

甲子相高亥首曾疑絳縣老人看長身玉立鶴般風度方頤□□虎樣精神文爛卿雲詩淩鮑謝筆勢駸駸更右軍渾餘事羨僊都夢覺金閣名存　門前父老忻忻煥奎閣新褒詔語溫記他年帷幄須依日月只今劍履快上星辰人道陰功天敎多壽看到貂蟬七葉孫君家裏是幾枝丹桂幾樹靈椿

又　和吳子似縣尉

我見君來頓覺吾廬溪山美哉悵平生肝膽都成楚越只今膠漆誰是陳雷搔首踟躕愛而不見要得詩來渴望梅還知否恠清風入手日看千回　直須抖擻塵埃人怪我柴門今始開向松間乍可從他喝道庭中切莫踏破蒼苔豈有文章漫勞車馬待喚青芻白飯來君非我任功名意氣莫恁徘徊

水調歌頭　舟次揚州和楊濟翁周顯先韻

落日塞塵起胡馬獵清秋漢家組練十萬列艦聳層樓誰道投鞭飛渡憶昔鳴鏑血汙風雨佛貍愁季子

正年少匹馬黑貂裘　今老矣搔白首過揚州倦游欲去江上手種橘千頭二客東南名勝萬卷詩書事業嘗試與君謀莫射南山虎直覓富民侯

又

落日古城角把酒勸君留長安路遠何事風雪弊貂裘散盡黃金身世不管秦樓人怨歸計狎沙鷗明夜扁舟去和月載離愁　功名事身未老幾時休詩書萬卷致身須到古伊周莫學班超投筆縱得封侯萬里憔悴老邊州何處依劉客寂寞賦登樓

又　淳熙丁酉自江陵移帥隆興到官之二月被召司馬監趙卿王漕餞別司馬賦水調歌頭席間次韻時王公明樞密薨坐客終夕爲興門戶之歎故前章及之

我飲不須勸正怕酒尊空別離亦復何恨此別恨匆匆頭上貂蟬貴客花外麒麟高冢人世竟誰雄出門一笑去千里落花風　孫劉輩能使我不爲公余髮種種如是此事付渠儂但得平生湖海除了醉吟風月此外百無功毫髮皆帝力更乞鑑湖東

又　淳熙己亥自湖北漕移湖南周總領王漕趙守置酒南樓席上留別

折盡武昌柳挂席上瀟湘二年魚鳥江上笑我往來忙富貴何時休問離別中年堪恨憔悴鬢成霜絲竹陶寫耳急羽且飛觴　序蘭亭歌赤壁繡衣香使君千騎鼓吹風采漢侯王莫把離歌頻唱可惜南樓佳處風月已淒涼在家貧亦好此語試平章

又 盟鷗

帶湖吾甚愛千丈翠奩開先生杖屨無事一日走千回凡我同盟鷗鷺今日既盟之後來往莫相猜白鶴在何處嘗試與偕來　破青萍排翠藻立蒼苔窺魚笑汝癡計不解舉吾杯廢沼荒邱疇昔明月清風此夜人世幾歡哀東岸綠陰少楊柳更須栽

又 湯朝美司諫見和用韻爲謝

白日射金闕虎豹九關開見君諫疏頻上談笑挽天回千古忠肝義膽萬里蠻煙瘴雨往事莫驚猜政恐不免耳消息日邊來　笑吾廬門掩草徑封苔未應兩手無用要把蟹螯杯說劍論詩余事醉舞狂歌欲倒老子頗堪哀白髮寧有種一一醒時栽

又 嚴子文同傅安道和前韻因再和謝之

寄我五雲字恰向酒邊開東風過盡歸雁不見客星回均道瑣窗風月更著詩翁杖屨合作雪堂猜（子文作雪齋寄書云近以旱無以延客）歲旱莫留客霖雨要渠來　短燈檠長劍鋏欲生苔雕弓挂壁無用照影落清杯多病關心藥裹小摘親鉏菜甲老子政須哀夜雨北窗竹更倩野人栽

又 和趙景明知縣韻

官事未易了且向酒邊來君如無我問君懷抱向誰開但放平生邱壑莫管旁人嘲罵深蟄要驚雷白髮

還自嘯何地置衰頹　五車書千石飲百篇才新詞未到瓊瑰先夢滿吾懷已過西風重九且要黃花入手詩興未闌梅君要花滿縣桃李趁時栽

又 壽趙漕介庵

千里渥洼種名動帝王家金鑾當日奏草落筆萬龍蛇帶得無邊春下等待江山都老教看鬢方鴉莫管錢流地且擬醉黃花　喚雙成歌弄玉舞綠華一觴爲飲千歲江海吸流霞聞道清都帝所要挽銀河仙浪西北洗胡沙回首日邊去雲裏認飛車

又 和王正之右司吳江觀雪見寄

造化故豪縱千里玉鸞飛等閒更把萬斛瓊粉蓋玻

瓈好卷垂虹千丈只放冰壺一色雲海路應迷老子舊游處回首夢耶非　謫仙人鷗鳥伴兩忘機掀髯把酒一笑詩在片帆西寄語煙波舊侶聞道蓴鱸正美休裂芰荷衣上界足官府汗漫與君期

又 九日遊雲洞和韓南澗尚書韻

今日復何日黃菊爲誰開淵明漫愛重九胸次正崔嵬酒亦關人何事政自不能不爾誰遣白衣來醉把西風扇隨處障塵埃　爲公飲須一日三百杯此心高處東望雲氣見蓬萊翳鳳驂鸞公去落佩倒冠吾事抱病且登臺歸路踏明月人影共徘徊

又 再用韻呈南澗

千古老蟾口雲洞插天開漲痕當日何事洶湧到崖
嵬攫土摶沙兒戲翠谷蒼崖幾變風雨化人來萬里
須與耳野馬驟空埃　笑年來蕉鹿夢畫蛇杯黃花
憔悴風露野碧漲荒萊此會明年誰健後日猶今視
昔歌舞只空臺愛酒陶元亮無酒正徘徊

又　再用韻李子永提幹

君莫賦幽憤一語試相開長安車馬道上平地起崔
嵬我愧淵明久矣猶借此翁湔洗素壁寫歸來斜日
透虛隙一線萬飛埃　斷吾生左持蟹右持杯買山
自種雲樹山下劚煙萊百鍊都成繞指萬事直須稱
好人世幾輿臺劉郎更堪笑剛賦看花回

又　慶韓南澗尚書七十

上古八千歲纔是一春秋不應此日剛把七十壽君
侯看取垂天雲翼九萬里風在下與造物同游君欲
計歲月嘗試問莊周　醉淋浪歌窈窕舞溫柔從今
杖屨南澗白日為君留聞道鈞天帝所頻上玉卮春
酒冠蓋擁龍樓快上星辰去名姓動金甌

又　席上用黃德和推官韻壽南澗

上界足官府公是地行仙青氈劍履舊物玉立近天
顏莫怪新來白髮恐是當年柱下道德五千言南澗
舊活計猿鶴且相安　歌秦缶寶康瓠世皆然不知
清廟鐘磬零落有誰編莫問行藏用舍畢竟山林鐘

鼎底事有虧全再拜荷公賜雙鶴一千年公以雙鶴見壽

又和信守鄭舜舉蔗庵韻

萬事到白髮日月幾西東羊腸九折岐路老我慣經從竹樹前溪風月雞酒東家父老一笑偶相逢此樂竟誰覺天外有冥鴻　味平生公與我定無同玉堂金馬自有佳處著詩翁好鎖雲煙窗戶怕入丹青圖畫飛去了無蹤此語更癡絕眞有虎頭風

又送守信王桂發

酒罷且勿起重挽使君鬚一身都是和氣別去意何如我輩情鍾休問父老田頭說尹淚落獨憐渠秋水見毛髮千尺定無魚　望青闕左黃閣右紫樞東風

桃李陌上下馬拜除書屈指吾生餘幾多病防人痛飲此事正愁余江湖有歸雁能寄草堂無

又送鄭厚卿赴衡州

寒食不少住千騎擁春衫衡陽石鼓城下記我舊停驂襟以瀟湘桂嶺帶以洞庭青草紫蓋屹西南文字起騷雅刀劍化新蠶　看使君於此事定不凡奮髯抵几堂上尊俎自高談莫信君門萬里但使民歌五袴歸詔鳳凰啣君去我誰飲明月影成三

又提朝李君索余賦野秀綠繞二詩余詩尋醫久矣姑合二榜之意賦水調歌頭以遺之然君才氣不減流輩豈求田問舍而獨樂身耶

文字覷天巧亭榭定風流平生邱壑歲晚也作稻粱

謀五畝園中秀野一水田將綠繞穲稏不勝秋飽飯對花竹可是便忘憂　吾老矣探禹穴欠東遊君家風月幾許白馬去悠悠插架牙籤萬軸射虎南山一騎容我攬鬚不更欲勸君酒百尺卧高樓

又 元日投宿博山寺見者驚歎其老

頭白牙齒缺君勿笑衰翁無窮天地今古人在四之中臭腐神奇俱盡貴賤賢愚等耳造物也兒童老佛更堪笑談妙說虛空　坐堆豗行答颯立龍鍾有時三盞兩盞淡酒醉濛鴻四十九年前事一百八盤狹路挂杖倚牆東老景竟何似只與少年同

又 送楊民瞻

日月如磨蟻萬事且浮休君看簷外江水滾滾自東流風雨瓢泉夜半花草雪樓春到老子已菟裘歲晚問無恙歸計橘千頭　夢連環歌彈鋏賦登樓黃鶴白酒君去村社一番秋長劍倚天誰問夷甫諸人堪笑西北有神州此事君自了千古一扁舟

又 送施樞密聖與帥江西信之讖云

相公倦台鼎要伴赤松遊高牙千里東下笳鼓萬貔貅試問東山風月更著中年絲竹留得謝公不孺子宅邊水雲影自悠悠　占古語方人也正黑頭穹龜突兀千丈石打玉溪流金印沙堤時節畫棟珠簾雲雨一醉早歸休賤子祝再拜西北有神州

又王子三山被召陳端仁給事飲餞席上作

長恨復長恨裁作短歌行何人爲我楚舞聽我楚狂聲余既滋蘭九畹又樹蕙之百畮秋菊更餐英門外滄浪水可以濯吾纓　一杯酒問何似身後名人間萬事毫髮常重泰山輕悲莫悲生離別樂莫樂新相識兒女古今情富貴非吾事歸與白鷗盟

又題張晋英提舉玉峰樓

木末翠樓出詩眼巧安排天公一夜削出四面玉崔嵬疇昔此山安在應爲先生見晚萬馬一時來白鳥飛不盡卻帶夕陽回　勸君飲左手蟹右手杯人間萬事變滅今古幾池臺君看莊生達者猶對山林臯

壤哀樂未忘懷我老尚能賦風月試追陪

又三山用趙丞相韻荅帥幕王君且有感於中秋近事併見之末章

說與西湖客觀水更觀山淡妝濃抹西子喚起一時觀種柳人今天上對酒歌翻水調醉墨捲秋瀾老子興不淺歌舞莫教閑　看尊前輕聚散少悲歡城頭無限今古落日曉霜寒誰唱黃雞白酒猶記紅旗清夜千騎月臨關莫說西州路且盡一杯看

又卽席和金華杜仲高韻併壽諸友惟醻乃佳耳

萬事一杯酒長歎復長歌杜陵有客剛賦雲外築婆娑須信功名兒輩誰識年來心事古井不生波種種看余髮幘雪就中多　二三子問丹桂倩素娥平生

螢雪男兒無奈五車何看取長安得意莫恨春風看
盡花柳自蹉跎今夕且歡笑明月鏡新磨

又 醉吟

四坐且勿語聽我醉中吟池塘春草未歇高樹變鳴
禽鴻雁初飛江上蟋蟀還來牀下時序百年心誰要
卿料理山水有清音 歡多少歌長短酒淺深而今
已不如昔後定不如今閑處直須行樂良夜更教秉
燭高會惜分陰白髮短如許黃菊倩誰簪

又 題趙晉臣敷文眞得歸方是閑

十里深窈窕萬瓦碧參差青山屋上流水屋下綠橫
溪眞得歸來嘯語方是閑中風月剩費酒邊詩點檢

笙歌了琴罷更圍棊 王家竹陶家柳謝家池知君
勳業未了不是枕流時莫向癡兒說夢且作山人索
價頗怪鶴書遲一事定嗔我已辦北山移

又 賦傅巖叟悠然閣

歲歲有黃菊千載一東籬悠然政須兩字長笑退之
詩自古此山元有何事當時纔見此意有誰知君起
更斟酒我醉不須辭 回首處雲正出鳥倦飛重來
樓上一句端的與君期都把軒窗寫徧更使兒童誦
得歸去來兮辭萬卷有時用植杖且耘耔

又 題吳子似瑱山堂經德堂陸象山取名也

喚起子陸子經德問何如萬鍾於我何有不負古人

書聞道千章松桂剩有四時柯葉霜雪歲寒、餘此是
瑱山境還似象山無　耕也餒學也祿孔之徒青山
畢竟升斗此意頗關渠天地清寧高下日月東西寒、
暑何用著工夫兩字君勿惜借我榜吾廬

又 賦松菊堂

淵明最愛菊三徑也栽松何人收拾千載風味此山
中手把離騷讀徧自掃落英餐罷杖屨曉霜濃皎皎
大獨立更插萬芙蓉　水潺湲雲瀬洞石巃嵸素琴
濁酒喚客端有古人風卻怪青山能巧政爾横看成
嶺轉面已成峰詩句得活法日月有新工

又 將遷新居不成戲作時以病止酒且遣去歌者末章及之

我亦卜居者歲晚望三閭昂昂千里泛泛不作水中
鳧好在書攜一束莫問家徒四壁□□□□□□□
□□□□□□□　舞烏有歌亡是歛子虛二三
子者愛我此外故人疎幽事欲論誰共白鶴飛來似
可忽去復何如衆鳥欣有託吾亦愛吾廬

又 趙昌父用東坡韻敘太白東坡事見寄過相褒借因用韻爲謝兼寄吳子似

我志在寥闊疇昔夢登天摩娑素月人世俛仰已千
年有客驂鸞翳鳳雲遇青山赤壁相約上高寒、酌酒
援北斗我亦蝨其閒　少歌曰神甚放形則眠鴻鵠
一再高舉天地睹方圓欲重歌兮夢覺推枕惘然獨
念人事底虧全有美人可語秋水隔嬋娟

又 題永豐楊少游提點一枝堂

萬事幾時足日月自西東無窮宇宙人是一粟太倉中一葛一裘經歲一鉢一瓶終日老子舊家風更著一杯酒夢覺大槐宮　記當年嚇腐鼠歎冥鴻衣冠神武門外驚倒幾兒童休說須彌芥子看取鵾鵬斥鷃小大若爲同君欲論齊物須訪一枝翁

又 席上爲葉仲洽賦

高馬勿捶面千里事難量長魚變化雲雨無使寸鱗傷一壑一邱吾事一斗一石皆醉風月幾千場鬚作蝟毛磔筆作劒鋒長　我憐君癡絕似顧長康綸巾羽扇顛倒又似竹林狂解道長江如練准備停雲堂

上千首買秋光怨調爲誰賦一斛貯檳榔

玉蝴蝶 追別杜仲高

古道行人來去香滿紅樹風雨殘花望斷青山高處都被雲遮客重來風流觴詠春已去光景桑麻苦無多一條垂柳兩箇啼鴉　人家疏疏翠竹陰陰綠樹淺淺寒沙醉兀藍輿夜來豪飲太狂些到如今都齊醒卻只依舊無奈愁何試聽呵寒食近也且住爲佳

又 杜仲高書來戒酒用韻

貴賤偶然渾似隨風簾幙籬落飛花空使兒曹馬上羞面頻遮向空江誰捐玉珮寄離恨應折疏麻暮雲多佳人何處數盡歸鴉　儂家生涯蠟屐功名破甑

交友摶沙往日曾論淵明似勝卧龍些筭來從人生行樂休便說日飲亡何快斟呵裁詩未穩得酒良佳

稼軒詞卷第一 終

稼軒詞卷第二

滿江紅 建康史帥致道席上賦

鵬翼垂空笑人世蒼然無物又還去九重深處玉階山立袖裏珍奇光五色他年要補天西北且歸來談笑護長江波澄碧 佳麗地文章伯金縷唱紅牙拍看尊前飛下日邊消息料想寶香熏閣夢依然畫舫清溪笛待如今端的約鍾山長相識

又 中秋寄遠

快上西樓怕天教浮雲遮月但喚取玉纖橫管一聲吹裂誰做冰壺涼世界最憐玉斧脩時節問嫦娥孤處有愁無應華髮 雲液滿瓊杯滑長袖舞清歌咽歎十常八九欲磨還缺但願長圓如此夜人情未必看承別把從前離恨總包藏歸時說

又 中秋

美景良辰算只是可人風月況素節揚輝長是十分清徹著意登樓瞻玉兔何人張幙遮銀闕倩飛廉特得爲吹開憑誰說 弦與望從圓缺今與昨何區別羨夜來把手桂花堪折安得便登天柱上從容陪伴酬佳節更如今不聽塵談清愁如髮

又 暮春

點火櫻桃照一架茶蘼如雪春正好見龍孫穿破紫苔蒼壁乳燕引雛飛力弱流鶯喚友嬌聲怯問春歸

不肯帶愁歸腸千結　層樓望春山疊家何在煙波隔把古今遺恨向他誰說蝴蝶不傳千里夢子規叫斷三更月聽聲聲枕上勸人歸歸難得

又

可恨東君把春去春來無迹便過眼等閑輸了三分之一晝永暖翻紅杏雨風清扶起垂楊力更天涯芳草最關情烘殘日　湘浦岸南塘驛恨不盡愁如織算年年辜負對他寒食便憑歸來能幾許風流早已非疇昔凭畫闌一線數飛鴻沈空碧

又

家住江南又過了清明寒食花徑裏一番風雨一番狼藉紅粉暗隨流水去園林漸覺清陰密算年年落盡刺桐花寒無力　庭院靜空相憶無說處閑愁極怕流鶯乳燕得知消息尺素如今何處也綵雲依舊無踪跡漫教人羞去上層樓平蕪碧

又 贛州席上呈太守陳季陵侍郎

落日蒼茫風纔定片帆無力還記得眉來眼去水光山色倦客不知身遠近佳人已卜歸消息便歸來只是賦行雲襄王客　些箇事如何得知有恨休重憶但楚天特地暮雲凝碧過眼不如人意事十常八九今頭白笑江州司馬太多情青衫溼

又 賀王帥宣子平湖南寇

笳鼓歸來舉鞭問何如諸葛人道是匆匆五月渡瀘深入白羽生風貔虎譟青溪路斷鼪鼯泣早紅塵一騎落平岡捷書急　三萬卷龍頭客渾未得文章力把詩書馬上笑驅鋒鏑金印明年如斗大貂蟬卻自兜鍪出待刻公勳業到雲霄浯溪石

又

漢水東流都洗盡髭胡膏血人盡說君家飛將舊時英烈破敵金城雷過耳談兵玉帳冰生頰想王郎結髮賦從戎傳遺業　腰間劍聊彈鋏尊中酒堪爲別況故人新擁漢壇旌節馬革裹屍當自誓蛾眉伐性休重說但從今記取楚臺風庾樓月

又　江行簡楊濟翁周顯先

過眼溪山怪都是舊時曾識還記得夢中行徧江南江北佳處徑須攜杖去能消幾兩平生屐笑塵勞三十九年非長爲客　吳楚地東南坼英雄事曹劉敵被西風吹盡了無塵跡樓觀甫成人已去旌旗未卷頭先白歎人生哀樂轉相尋今猶昔

又

敲碎離愁紗窗外風搖翠竹人去後吹簫聲斷倚樓人獨滿眼不堪三月暮舉頭已覺千山綠但試把一紙寄來書從頭讀　相思字空盈幅相思意何時足滴羅襟點點淚珠盈掬芳草不迷行路客垂楊只礙

離人目最苦是立盡月黃昏闌干曲

又

倦客新豐貂裘敝征塵滿目彈短鋏青蛇三尺浩歌誰續不念英雄江左老用之可以尊中國歎詩書萬卷致君人翻沈陸　休感慨澆醽醁人易老歡難足有玉人憐我爲簪黃菊且置請纓封萬戶竟須賣劒酬黃犢甚當年寂寞賈長沙傷時哭

又

風捲庭梧黃葉墜新涼如洗一笑折秋英同賞弄香挼蘂天遠難窮休久望樓高欲下還重倚拚一襟寂寞淚彈秋無人會　今古恨沈荒壘悲歡事隨流水想登樓青鬢未堪憔悴極目煙橫山數點孤舟月淡人千里對嬋娟從此話離愁金尊裏

又 冷泉亭

直節堂堂看夾道冠纓拱立漸翠谷羣仙來下珮環聲急誰信天鋒飛墮地傍湖千丈開青壁是當年玉斧削方壺無人識　山水潤琅玕溼秋露下瓊珠滴向危亭橫跨玉淵澄碧醉舞且搖鸞鳳影浩歌莫遣魚龍泣恨此中風物本吾家今爲客

又 再用前韻

照影溪梅悵絕代佳人獨立便小駐雍容千騎羽觴飛急琴裏新聲風響珮筆端醉墨鴉棲壁是使君文

雅舊知名今方識　高欲卧雲還逕清可漱泉長滴快晚風吹帽滿懷空碧寶馬嘶歸紅旆動龍團試水銅瓶泣怕他年重到路應迷桃源客

又 席間和洪景盧舍人兼司馬漢章大監

天與文章看萬斛龍文筆力聞道是一詩曾換千金顏色欲說又休新意思彊啼偷笑眞消息算人人合與共乘鑾鸞坡客　傾國豔難再得還可恨還堪憶看書詩舊錦衫裁新碧鶯蝶一春花裏活可堪風雨飄紅白問誰家卻有燕歸梁香泥溼

又 送湯朝美司諫自汴歸金壇

瘴雨蠻煙十年夢尊前休說春正好故園桃李待君

花發兒女燈前和淚拜雞豚社裏歸時節看依然舌在齒牙牢心如鐵　活國手封侯骨騰汗漫排閶闔待十分做了詩書勳業當日念君歸去好而今卻恨中年別笑江頭明月更多情今宵缺

又 送李正之提刑入蜀

蜀道登天一杯送繡衣行客還自歎中年多病不堪離別東北看瞻諸葛表西南更草相如檄把功名收拾付君侯如椽筆　兒女淚君休滴荊楚路吾能識要新詩準備廬山山色赤壁磯頭千古浪銅鞮陌上三更月正梅花萬里雪深時須相憶

又 送信守鄭舜舉被召

湖海平生算不負蒼髯如戟聞道是佐使君著意太平長策此老自當兵十萬長安正在天西北便鳳凰飛詔下天來催歸急　車馬路兒童泣風雨暗旌旗遲看野梅官柳東風消息莫向蔗庵追笑語只今松竹無顔色問人間誰管别離愁杯中物

又 和楊民瞻送佑之弟還侍浮梁

塵土西風便無限凄涼行色還記取明朝應恨今宵輕别珠淚爭垂華燭暗雁行欲斷哀箏切看扁舟幸自瀠清溪休催發　白石路長亭側千樹柳千絲結怕行人西去棹歌聲闋黃卷莫教詩酒汙玉階不信仙凡隔但從今伴我又隨君佳哉月

又 遊南巖和范先之韻

笑拍洪崖問千丈翠巖誰削依舊是西風白鳥北村南郭似整復斜僧屋亂欲吞還吐林煙薄覺人間萬事到秋來都搖落　呼斗酒同君酌更小隱尋幽約且丁寧休負北山猿鶴有鹿從渠求鹿夢非魚定未得魚樂正仰看飛鳥卻應人回頭錯

又 和范先之雪

天上飛瓊畢竟向人間情薄還又跨玉龍歸去萬花搖落雲破林梢添遠岫月明屋角分層閣記少年駿馬走韓盧掀東郭　吟凍雁嘲飢鵲人已老歡猶昨對瑤華滿地與君酬酢最愛霏霏迷遠近都收擾擾

還空闊待羔兒飲罷又烹茶揚州鶴

又 病中俞山甫教授訪別病起寄之

曲几圍蒲記方丈君來問疾更夜雨悤悤別去一杯南北萬事莫侵閑鬢髮百年正要佳眠食最難忘此語重般勤千金値 西崦路東巖石攜笋處今塵迹望東來猶有舊盟如日莫信蓬萊風浪隔垂天自有扶搖力對梅花一夜苦相思無消息

又 餞鄭衡州厚卿席上再賦

莫折荼蘼且留取一分春色還待得青梅如豆共伊同摘少日對花渾醉夢而今醒眼看風月恨牡丹笑我倚東風頭如雪 榆莢錢菖蒲葉時節換繁華歇

算怎禁風雨怎禁鵜鴂老冉冉兮花共柳是栖栖者蜂和蝶也不因春去有閑愁因離別

又 送徐行仲撫幹

絕代佳人曾一笑傾城傾國休更歎舊時青鏡而今華髮明日伏波堂上客老當益壯翁應說恨苦遭鄧禹笑人來長寂寂 詩酒社江山筆松菊徑雲煙屐怕一觴一詠風流絃絕我夢橫山孤鶴去覺來卻與君相別記功名萬里要吾身佳眠食

又

紫陌飛塵望十里雕鞍繡轂春未老已驚臺榭瘦紅肥綠睡雨海棠猶倚醉舞風楊柳難成曲問流鶯能

說故園無曾相熟　巖泉上飛鳧浴巢林下棲禽宿
恨茶蘼開晚漫翻紅玉蓮社豈堪談昨夢蘭亭何處
尋遺墨但羈懷空自倚鞦韆無心蹴

又 盧國華由閩憲移漕建安陳端仁給事同諸公餞別余爲酒困臥清涂堂上三鼓方醒國華賦詞留別席上和韻

宿酒醒時算只有清愁而已人正在清涂堂上月華
如洗紙帳梅花歸夢覺蓴羹鱸鱠秋風起問人生得
意幾何時吾歸矣　君若問相思事料長在歌聲裏
這情懷只是中年如此明月何妨千里隔顧君與我
如何耳向尊前重約幾時來江山美

又 和盧國華

漢節東南看駟馬光華周道須信是七閩還有福星
來到庭草自生心意足榕陰不動秋光好問不知何
處著君侯蓬萊島　還自笑人今老空有恨縈懷抱
記江湖十載厭持旌纛濩落我材無所用易除殆類
無根潦但欲搜好語謝新詞羞瓊報

又 山居即事

幾箇輕鷗來點破一泓澄綠更何處一雙鸂鶒故來
爭浴細讀離騷還痛飲飽看脩竹何妨肉有飛泉日
日供明珠五千斛　春雨滿秧新穀閑日永眠黃犢
看雲連麥隴雪堆蠶簇若要足時今足矣以爲未足
何時足被野老相扶入東園枇杷熟

又和傳巖叟香月韻

半山佳句最好是吹香隔屋又還怪冰霜側畔蜂兒成簇更把香來薰了月卻教影去斜侵竹似神清骨冷住西湖何由俗　根老大穿坤軸枝天矯蟠龍斛快酒兵長俊詩壇高築一再人來風味惡兩三杯後花緣熟記五更聯句失彌明龍卿燭

又壽趙茂嘉郎中前章記兼濟倉事

我對君侯怪長見兩眉陰德還夢見玉皇金闕姓名仙籍舊歲炊煙渾欲斷被公扶起千人活算胸中除卻五車書都無物　山左右溪南北花遠近雲朝夕看風流杖屨蒼髯如戟種柳已成陶令宅散花更滿

維摩室勸人間且住五千年如金石

又呈趙晉臣敷文

老子平生原自有金盤華屋還又要萬閒寒士眼前突兀一舸歸來輕似葉兩翁相對清如鵠到如今吾亦愛吾廬多松菊　人道是荒年穀還又似豐年玉甚等閑卻爲鱸魚歸速野鶴溪邊留杖屨行人牆外聽絲竹問近來風月幾篇詩三千軸

又游清風峽和趙晉臣敷文韻

兩峽嶄巖問誰占清風舊築滿眼裏雲來鳥去澗紅山綠世上無人供笑傲門前有客休迎肅怕淒涼無物伴君時多栽竹　風采妙凝冰玉詩句好餘膏馥

嘆只今人物一夔應足人似秋鴻無定住事如飛彈須圓熟笑君侯陪酒又陪歌陽春曲

木蘭花慢 席上送張仲固帥興元

漢中開漢業問此地是耶非想劍指三秦君王得意一戰東歸興亡事今不見但山川滿目淚沾衣落日胡塵未斷西風塞馬空肥 一篇書是帝王師小試去征西更草草離筵匆匆去路愁滿旌旗君思我回首處正江涵秋影雁初飛安得車輪四角不堪帶減腰圍

又 滁州送范倅

老來情味減對別酒怯流年況屈指中秋十分好月

不照人圓無情水都不管共西風只管送歸船秋晚尊鱸江上夜深兒女燈前 征衫便好去朝天玉殿正思賢想夜半承明留教視草卻遣籌邊長安故人問我道愁腸殢酒只依然目斷秋霄落雁醉來時響空絃

又 題上饒州圃翠微樓

舊時樓上客愛把酒對南山笑白髮如今天教放浪來往其間登樓更誰念我卻回頭西北望層闌雲雨珠簾畫棟笙歌霧鬢風鬟 近來堪入畫圖看父老願公歡甚拄笏悠然朝來爽氣正爾相關難忘使君後日便一花一草報平安與客攜壺且醉雁飛秋影

江寒。

又 寄題吳克明廣文菊隱

路旁人怪問此隱者姓陶不甚黃菊如雲朝吟暮醉興不回頭縱無酒成悵望只東籬搔首亦風流與客朝飡一笑落英飽便歸休 古來堯舜有巢由江海去悠悠待說與佳人種成香草莫怨靈脩我無可無不可意先生出處有如丘聞道問津人過殺雞爲黍相留

水龍吟 旅次登樓作

楚天千里清秋水隨天去秋無際遙岑遠目獻愁供恨玉簪螺髻落日樓頭斷鴻聲裏江南游子把吳鉤看了闌干拍徧無人會登臨意 休說鱸魚堪膾儘西風季鷹歸未求田問舍怕應羞見劉郎才氣可惜流年憂愁風雨樹猶如此倩何人喚取紅巾翠袖揾英雄淚

又 甲辰歲壽韓南澗尚書

渡江天馬南來幾人眞是經綸手長安父老新亭風景可憐依舊夷甫諸人神州沈陸幾曾回首算平戎萬里功名本是眞儒事公知否 況有文章山斗對桐陰滿庭清晝當年墮地而今試看風雲奔走綠野風煙平泉草木東山歌酒待他年整頓乾坤事了爲先生壽

又 次年南澗用韻爲僕與公生日相去一日再和以壽南澗

玉皇殿閣微涼看公重試薰風手高門畫戟桐陰閒道靑靑如舊蘭佩空芳蛾眉誰妒無言搔首甚年年卻有呼韓塞上人爭問公安否　金印明年如斗向中州錦衣行晝依然盛事貂蟬前後鳳麟飛走富貴浮雲我評軒冕不如杯酒待從公痛飲八千餘歲伴莊椿壽

又 盤園任子嚴安撫挂冠得請客以高風名其堂書來索詞爲賦

斷崖千丈孤松挂冠更在松高處平生袖手故應休矣功名良苦笑指兒曹人間醉夢莫嗔驚汝問黃金餘幾旁人欲說田園記君推去　嘆息薌舊隱對先

生竹窗松戶一花一草一觴一詠風流杖屨野馬塵埃扶搖下視蒼然如許恨當年九老圖中忘卻花盤園林路

又 寄題京口范南伯知縣家文官花花白次緋次紫唐會要載學士院有之

倚闌看碧成珠等閒褪了香袍粉上林高選怱怱又換紫雲衣溼幾許春風朝薰暮染爲花忙損笑舊家桃李東塗西抹有多少淒涼恨　擬倩流鶯說與記榮華易消難整人間得意千紅萬紫轉頭春盡白髮憐君儒冠曾悞平生官冷算風流未減年年醉裏把花枝問

又 題雨巖巖類今所畫觀音普陁巖中有泉飛出如風雨聲

普陀大士虛空翠巖記取飛來處蜂房萬點假穿如礙玲瓏窗戶石髓千年已垂未落嶙峋冰柱有怒濤聲遠落花香在人疑是桃源路　又說春雷鼻息是卧龍彎環如許不然應是洞庭張樂湘靈來去我意長松倒生陰壑細吟風雨竟茫茫未曉只應白髮是開山祖

又 瓢泉

稼軒何必長貧放泉簷外瓊珠瀉樂天知命古來誰會行藏用舍人不堪憂一瓢自樂賢哉回也料當年嘗問飯蔬食飲水何爲是栖栖者　且對浮雲山上莫悤悤去流山下蒼顏照影故應零落輕裘肥馬繞

齒冰霜滿懷芳乳先生飲罷笑拄瓢風樹一鳴渠碎問何如啞

又 用瓢泉韻戲仁和兼諸葛元亮且督和詞

被公驚倒瓢泉倒流三峽詞源瀉長安紙貴流傳一字千金爭舍割肉懷歸先生自笑又何廉也但啣杯莫問人間豈有如孺子長貧者　誰識稼軒心事似風乎舞雩之下回頭落日蒼茫萬里塵埃野馬更想隆中卧龍千尺高吟纔罷倩何人與問雷鳴瓦釜甚黃鍾啞

又 用些語再韻瓢泉歌以飲客聲語甚諧客皆爲之釂

聽兮清珮瓊瑤些明兮鏡秋毫些君無去此流昏漲

賦生逢蒿些虎豹甘人渴而汝寧猿猱些大而流江海覆舟如芥君無助狂濤些　路險兮山高些愧余獨處無聊些冬槽春盎歸來爲我製松醪些其外芬芳團龍片鳳煮雲膏些古人兮既往嗟余之樂樂簞瓢些

又　過南劒雙溪樓

舉頭西北浮雲倚天萬里須長劒人言此地夜深長見斗牛光焰我覺山高潭空水冷月明星淡待燃犀下看凭闌卻怕風雷怒魚龍慘　峽束蒼江對起過危樓欲飛還斂元龍老矣不妨高臥冰壺涼簟千古興亡百年悲笑一時登覽問何人又卸片帆沙岸繫斜陽纜

又　愛李延年歌淳于髡語合爲詞庶幾高唐神女洛神賦之意云

昔時曾有佳人翩然絕世而獨立未論一顧傾城再顧又傾人國甯不知其傾城傾國佳人難再得看行雲行雨朝朝暮暮陽臺下襄王側　堂上更闌燭滅記主人留髡送客合尊促坐羅襦襟解微聞薌澤當此之時止乎禮義不淫其色但啜其泣矣啜其泣矣又何嗟及

又　別傅先之提舉時先之有召命

只愁風雨重陽思君不見令人老行期定否征車幾輛去程多少有客書來長安卻早傳聞追詔問歸來

何日君家舊事直須待爲霖了　從此蘭生蕙長吾誰與玩茲芳草自憐拙者功名相避去如飛鳥只有良朋東阡西陌安排似巧到如今巧處依然又拙把平生笑

又

老來曾識淵明夢中一見參差是覺來幽恨停觴不御欲歌還止白髮西風折腰五斗不應堪此問北窗高卧東籬自醉應別有歸來意　須信此翁未死到如今凜然生氣吾儕心事古今長在高山流水富貴他年直饒來晚也應無味甚東山何事當時也道爲蒼生起

摸魚兒　湻熙己亥自湖北漕移湖南同官王正之置酒小山亭賦

更能消幾番風雨怱怱春又歸去惜春長怕花開早何況落紅無數春且住見說道天涯芳草無歸路怨春不語算只有殷勤畫簷蛛網盡日惹飛絮　長門事準擬佳期又誤蛾眉曾有人妒千金曾買相如賦脈脈此情誰訴君莫舞君不見玉環飛燕皆塵土閑愁最苦休去倚危闌斜陽正在煙柳斷腸處

又　觀潮上葉丞相

望飛來半空鷗鷺須臾動地鼙鼓截江組練驅山去鏖戰未收貔虎朝又暮悄慣得吾兒不怕蛟龍怒風波平步看紅旆驚飛跳魚直上蹙踏浪花舞　憑誰

問萬里長鯨吞吐人間兒戲千弩滔天力倦知何事白馬素車東去堪恨處人道是屬鏤怨憤足千古功名自誤漫教得陶朱五湖西子一舸弄煙雨

又 雨巖有石狀甚怪取離騷九歌名曰山鬼因賦摸魚兒改名山鬼謠

問何年此山來此西風落日無語看君似是羲皇上直作太虛名汝溪上算只有紅塵不到今猶古一杯誰舉笑我醉呼君崔嵬未起山鳥覆杯去 須記取昨夜龍湫風雨門前石浪掀舞四更山鬼吹燈嘯驚倒世間兒女依然處還問我清遊杖屨公良苦神交心許待萬里攜君鞭笞鸞鳳送我遠遊賦 石浪庵外巨石也長三十餘丈

西河 送錢仲耕自江西漕移守婺州

西江水道是西江人淚無情卻解送行人月明千里從今日日倚高樓傷心煙樹如薺會君難別君易草草不如人意十年著破繡衣茸種成桃李問君可是厭承明東方鼓吹千騎 對梅花更消一醉看明年調鼎風味老病自憐憔悴過吾廬定有幽人相問歲晚淵明歸來未

永遇樂 送陳仁和自汴東歸陳至上饒之一年得子甚喜

紫陌長安看花年少無限歌舞白髮憐君尋芳較晚捲地驚風雨問君知否鴟夷載酒不似并瓶身誤細思量悲歡夢裏覺來總無尋處 芒鞋竹杖天教還

了千古玉樓佳句落魄東歸風流贏得掌上明珠去起看青鏡南冠好在拂了舊時塵土向君道雲霄萬里這回穩步

又 梅雪

怪底寒梅一枝雪裏只恁愁絕問訊無言依稀似妒天上飛英白江上一夜瓊瑤萬頃此段如何妒得細看來風流添得自家越樣標格　晚來樓上對花臨鏡學作半妝額著意爭妍那知卻有人妒花顏色無情休問許多般事且自訪梅踏雪待行過溪橋夜半更邀素月

又 戲賦辛字送茂嘉十二弟赴調

烈日秋霜忠肝義膽千載家譜得姓何年細參辛字一笑君聽取艱辛做就悲辛滋味總是辛酸辛苦更十分向人辛辣椒桂搗殘堪吐　世間應有芳甘濃美不到吾家門戶比著兒曹纍纍卻有金印光垂組付君此事從今直上休憶對牀風雨但贏得鞾紋縐面記余戲語

又 檢校停雲新種杉松戲作時欲作親舊報書紙筆偶爲大風吹去末章因及之

投老空山萬松手種政爾堪嘆何日成陰吾年有幾似見兒孫晚古來池館雲煙草棘長使後人淒斷想當年良辰已恨夜闌酒空人散　停雲高處誰知者子萬事不關心眼夢覺東窗聊復爾爾起欲題書簡

霎時風怒倒翻筆硯天也只教吾懶又何事催急急
雨片雲斗暗

又 京口北固亭懷古

千古江山英雄無覓孫仲謀處舞榭歌臺風流總被
雨打風吹去斜陽草樹尋常巷陌人道寄奴曾住想
當年金戈鐵馬氣吞萬里如虎 元嘉草草封狼居
胥贏得倉皇北顧四十三年望中猶記烽火揚州路
可堪回首佛狸祠下一片神鴉社鼓憑誰問廉頗老
矣尚能飯否

歸朝歡 靈山齊庵菖蒲港皆長松茂林獨野櫻花一株山上盛開照映可愛不數日風雨催敗殆盡意有感因效介庵體爲賦且以菖蒲綠名之丙辰歲三月三日也

山下千林花太俗山上一枝看不足春風正在此花
邊菖蒲自蘸清溪綠與花同草木問誰風雨飄零速
莫悲歌夜深巖下驚動白雲宿 病怯殘年頻自卜
老愛遺篇難細讀苦無妙手畫於菟人間雕刻眞成
鵠夢中人似玉覺來更憶腰如束許多愁問君有酒
何不日絲竹

又 寄題三山鄭元英巢經樓樓之側有尚友齋欲借書者就齋中取讀書不借出

萬里康成西走蜀藥市船歸書滿屋有時光彩射星
躔何人汗簡讎天祿好之寧有足請看良賈藏金玉
記斯文千年未喪四壁聞絲竹 試問辛勤攜一束
何以牙籤三萬軸古來不作借人癡有朋只就芸窗

讀憶君清夢熟覺來笑我便便腹倚危樓人間誰舞掃地八風曲

又 題趙晉臣敷文積翠巖

我笑共工緣底怒觸斷峩峩天一柱補天又笑女媧忙卻將此石投閑處野煙荒草路先生拄杖來看汝倚蒼苔摩挲試問千古幾風雨 長被兒童敲火苦時有牛羊磨角去霍然千丈翠巖屏鏘然一滴甘泉乳結亭三四五會相暖熱攜歌舞細思量古來寒士不遇有時遇

又 丁卯歲寄題眉山李參政石林

見說岷峨千古雪都作岷峨山上石君家右史老泉

公千金未盡勤收拾一堂眞石石閑庭更與天突兀記當時長編筆硯日日雲煙溼 野老時逢山鬼泣誰夜持山去難覓有人依樣入明光玉堦之下巖巖立琅玕無數碧風流不數平泉物欲重吟青蔥玉樹須倩子雲筆

一枝花 醉中戲作

千丈擎天手萬卷懸河口黃金腰下印大如斗更千騎弓刀揮霍遮前後百計千方久似鬬草兒童贏箇他家偏有 算枉了雙眉長皺白髮空回首那時間說向山中友看邱隴牛羊更辨賢愚否且自栽花柳怕有人來但只道今朝中酒

喜遷鶯 謝趙晉臣敷文賦芙蓉詞見壽用韻爲謝

暑風涼月愛亭亭無數綠衣持節掩冉如羞參差似妒擁出芙渠花發步襯潘娘堪恨貌比六郎誰潔添白鷺晚晴時公子佳人竝列　休說搴木末當日靈均恨與君王別心阻媒勞交疎怨極恩不甚兮輕絕千古離騷文字至今猶未歇都休問但千杯快飲露荷翻葉

瑞鶴仙 壽上饒倅洪莘之時攝郡事且將赴漕舉

黃金堆到斗怎得似長年畫堂勸酒蛾眉最明秀向水沈煙裏兩行紅袖笙歌擁就爭說道明年時候被姮娥做了殷勤仙桂一枝入手　知否風流別駕近

日人呼文章太守天長地久歲上廼翁壽記從來人道相門出相金印纍纍儘有但直須周公拜前魯公拜後

又 賦梅

雁霜寒透幙正護月雲輕嫩冰猶薄溪奩照梳掠想含香弄粉豔妝難學玉肌瘦弱更重重龍綃襯著倚東風一笑嫣然轉盼萬花羞落　寂寞家山何在雪後園林水邊樓閣瑤池舊約鱗鴻更仗誰托粉蝶兒只是尋桃覓柳開徧南枝未覺但傷心冷落黃昏數聲畫角

又 南澗雙溪樓

片帆何太急望一點須臾去天咫尺舟人好看客似三峽風濤嵯峨劍戟溪南溪北正遐想幽人泉石看漁樵指點危樓卻羨舞筵歌席　嘆息山林鍾鼎意倦情遷本無欣戚轉頭陳迹飛鳥外晚煙碧問誰憐舊日南樓老子最愛月明吹笛到而今撲面黃塵欲歸未得

聲聲慢 旅次登樓作

征埃成陣行客相逢都道幼出層樓指點簷牙高處浪湧雲浮今年太平萬里罷長淮千騎臨秋凭欄望有東南佳氣西北神州　千古懷嵩人去還笑我身在楚尾吳頭看取弓刀陌上車馬如流從今賞心樂

事剩安排酒令詩籌華胥夢願年年人似舊游

又 嘲紅木犀余兒時嘗入京師禁中凝碧池因書當時所見

開元盛日天上栽花月殿桂影重重十里芬芳一枝金粟玲瓏管絃凝碧池上記當時風月愁儂翠華遠但江南草木煙鎖深宮　只爲天姿冷澹被西風醞釀徹骨香濃枉學丹蕉葉底偷染妖紅道人取次裝束是自家香底家風又怕是爲淒涼長在醉中

又 送上饒黃倅職滿赴調

東南形勝人物風流白頭見君恨晚便[illegible]君家叔度去人未遠長憐士元驥足道直須別駕方屢問箇裏待怎生銷殺胸中萬卷　況有星辰劍履是傳家合

在玉皇香案零落新詩我欠可人消遣留君再三不
住便直饒萬家淚眼怎抵得這眉間黄色一點

又 檃括淵明停雲詩

停雲靄靄八表同昏盡日時雨濛濛搔首良朋門前
平陸成江春醪湛湛獨撫恨彌襟閑飲東窗空延佇
恨舟車南北欲往何從 嘆息東園佳樹列初榮枝
葉再競春風日月于征安得促席從容翩翩何處飛
鳥息庭柯好語和同當年事問幾人親友似翁

八聲甘州 壽建康帥胡長文給事時方閱拆紅梅之舞且有錫帶之寵

把江山好處付公來金陵帝王州想今年燕子依然
認得王謝風流只用平時尊俎彈壓萬貔貅依舊鈞

天憂玉殿東頭 看取黄金横帶是明年準擬丞相
封侯有紅梅新唱香陣卷温柔且畫堂通宵一醉待
從今更數八千秋公知否邦人香火夜半纔收

又 夜讀李廣傳不能寐因念晁楚老楊民瞻約同居山間戲用李廣事賦以寄之

故將軍飲罷夜歸來長亭解雕鞍恨灞陵醉尉匆匆
未識桃李無言射虎山横一騎裂石響驚弦落魄封
侯事歲晚田園 誰向桑麻杜曲要短衣匹馬移住
南山看風流慷慨談笑過殘年漢開邊功名萬里甚
當時健者也曾閑紗窗外斜風細雨一陣輕寒

雨中花慢 登新樓有懷趙昌甫徐斯遠韓仲止吳子似楊民瞻

舊雨常來今雨不來佳人偃蹇誰留幸山中芋栗今

歲全收貧賤交情落落古今吾道悠悠怪新來卻見文友離騷詩發秦州　功名只道無之不樂那知有更堪憂怎奈向兒曹抵死喚不回頭石臥山前認虎蟻喧牀下聞牛爲誰西望憑欄一餉卻下層樓

又　吳子似見和再用韻爲別

馬上三年醉帽吟鞍錦囊詩卷長留悵溪山舊管風月新收明便關河杳杳去應日月悠悠笑千篇索價未抵蒲桃五斗涼州　停雲老子有酒盈尊琴書端可消憂渾未解傾身一飽淅米矛頭心似傷弓塞雁身如喘月吳牛曉天涼夜月明誰伴吹笛南樓

漢宮春　立春

春已歸來看美人頭上裊裊春幡無端風雨未肯收盡餘寒年時燕子料今宵夢到西園渾未辦黃柑薦酒更傳青韭堆盤　卻笑東風從此便薰梅染柳更沒些閑閑時又來鏡裏轉變朱顏清愁不斷問何人會解連環生怕見花開花落朝來塞雁先還

又　即事

行李溪頭有釣車茶具曲几團蒲兒童認得前度過者籃輿時時照影甚此身偏滿江湖悵野老行歌不住定堪與語難呼　一自東籬搖落問淵明歲晚心賞何如梅花政自不惡曾有詩無知翁止酒待重教蓮社人沽空悵望風流已矣江山特地愁余

又會稽蓬萊閣懷古

秦望山頭看亂雲急雨倒立江湖不知雲者爲雨雨者雲乎長空萬里被西風變滅須臾回首聽月明天籟人間萬竅號呼　誰向若耶溪上倩美人西去麋鹿姑蘇至今故國人望一舸歸歟歲云暮矣問何不鼓瑟吹竽君不見王亭謝館冷煙寒樹啼烏

又會稽秋風亭觀雨

亭上秋風記去年嫋嫋曾到吾廬山河舉目雖異風景非殊功成者去覺團扇便與人疏吹不斷斜陽依舊茫茫禹跡都無　千古茂林猶在甚風流章句解擬相如只今木落江冷眇眇愁余故人書報莫因循忘卻蓴鱸誰念我新涼燈火一編太史公書

又答李兼善提舉和章

心似孤僧更茂林脩竹山上精廬維摩定自非病誰遣文殊白頭自惜歎相逢語密情疏傾蓋處論心一語只今還有公無　最喜陽春妙句被西風吹墮金玉鏗如夜來歸夢江上父老歡余荻花深處喚兒童吹火烹鱸歸去也絕交何必更脩山巨源書

又答吳子似總幹和章

達則青雲便玉堂金馬窮則茅廬逍遙小大自適鵬鷃何殊君如星斗燦中天密密疏疏荒草外自憐螢火清光暫有還無　千古季鷹猶在向松江道我問

訊何如白頭愛山下去翁定嗔余人生漫爾豈食魚必膾之鱸還自笑君詩頻覺胸中萬卷藏書

滿庭芳 和丞相景伯韻

傾國無媒入宮見妒古來顰損蛾眉看公如月光彩衆星稀袖手高山流水聽羣蛙鼓吹荒池文章手直須補衮藻火粲宗彝 癡兒公事了吳蠶纏繞自吐餘絲幸一枝麤穩三徑新治且約湖邊風月功名事欲使誰知都休問英雄千古荒草沒殘碑

又 和洪丞相景伯韻呈景盧內翰

急管哀絃長歌慢舞連娟十樣宮眉不堪紅紫風雨曉稀稀惟有楊花飛絮依舊是萍滿芳池酴醿在青

虬快剪插徧古銅彝 誰將春色去鸞膠難覓絃斷蛛絲恨牡丹多病也費醫治夢裏尋春不見空斷腸怎得春知休惆悵一觴一詠須刻右軍碑

又 游豫章東湖再用韻

柳外尋春花邊得句怪公喜氣軒眉陽春白雪清唱古今稀曾是金鑾舊客記鳳凰獨繞天池揮毫罷天顏有喜催賜尚方彝公在詞掖嘗拜尚方寶彝之賜 只今江山遠釣天夢覺清淚如絲算除非痛把酒療花治明日五湖佳興扁舟去一笑誰知溪堂好且拚一醉倚杖讀韓碑堂記公所製也

又 和章泉趙昌父

西掩斜陽東江流水物華不爲人流崢然一葉天下已知秋屈指人間得意問誰是騎鶴揚州君知我從來雅興未老已滄洲　無窮身外事百年能幾一醉都休恨兒曹抵死謂我心憂泥有溪山杖屨阮藉輩須我來游還堪笑機心早覺海上有驚鷗

六幺令 用陸氏事送玉山令陸德隆侍親東歸吳中

酒羣花隊攀得短轅折誰憐故山歸夢千里蓴羹滑便整松江一棹檢點能言鴨故人欲接醉懷霜橘墮地金圓醒時覺　長喜劉郎馬上肯聽詩書說誰對叔子風流直把曹劉壓更看君侯事業不負平生學離腸愁怯送君歸後細寫茶經煮香雪

又 再用前韻

倒冠一笑華髮玉簪折陽關自來淒斷卻怪歌聲滑放浪兒童歸舍莫惱比鄰鴨水連山接看君歸興如醉中醒夢中覺　江上吳儂問我一一煩君說忍使尊酒頻空賸欠珍珠壓手把漁竿未穩長向滄浪學問愁誰怯可堪楊柳先作東風滿城雪

醉翁操 頃余從范先之求觀家譜見其冠冕蟬聯世載勳德先之甚文而好修意其昌未艾也時覃慶勳臣子孫無見任者命官之先是屢試甄錄元祐黨籍家合是二者先之應仕矣將告諸朝行有日請余作詩以贈屬余避謗持此戒甚力不得如先之請又念先之與余遊八年日從事詩酒間意相得歡甚於其別也何獨能恝然顧先之長於楚詞而妙於琴輒擬醉翁操爲之詞以敘別異時先之綰組東歸僕當年買羊沽酒先之爲鼓

一再行以爲山中盛事云

長松之風如公肯余從山中人必與吾兮誰同湛湛千里之江上有楓噫送子東望君之門兮九重女無悅己誰適爲容　不龜手藥或一朝取封昔與遊兮皆童我獨窮兮今翁一魚兮一龍勞心兮忡忡噫命與時逢子之所食兮萬鍾

醜奴兒近 博山道中效李易安體

千峰雲起驟雨一霎兒價更遠樹斜陽風景怎生圖畫青旗賣酒山那畔別有人家只消山水光中無事過者一霎　午睡醒時松窗竹戶萬千瀟灑野鳥飛來又是一飛流萬壑共千巖爭秀孤負平生弄泉手

歎輕衫帽幾許紅塵還自喜濯髮滄浪依舊　人生行樂耳身後虛名何似生前一杯酒便此地結吾廬待學淵明更手種門前五柳且歸去父老約重來問如此青山定重來否

洞仙歌 浮石山莊余友月湖道人何同叔之別墅也山類羅浮故以名同叔嘗作遊山次序榜示余且索詞爲賦洞仙歌以遺之同叔頃遊羅浮遇一老人龐眉幅巾語同叔云當有晚年之契蓋仙云

松關桂嶺望青葱無路費盡銀鉤榜佳處帳空山歲晚窈窕誰來須著我醉卧石樓風雨　仙人瓊海上握手當年笑許君攜半山去劖疊嶂卷飛泉洞府淒涼又卻怕先生多取怕夜半羅浮有時還好長把雲

煙再三遮住

又 開南樓初成賦

婆娑欲舞怪青山歡喜分得清溪半篙水記平沙鷗鷺落日漁樵湘江上風景依然如此　東籬多種菊待學淵明飲酒詩情不相似十里漲春波一棹歸來只做箇五湖范蠡是則是一般弄扁舟爭知道他家有箇西子

又 趙晉臣和李能伯韻屬余同和趙以兄弟有職名爲龍詞中頗敘其盛故末章有裂土分茅之句

舊交貧賤太半成新貴冠蓋門前幾行李看悤悤西笑爭出山來憑誰問小草何如遠志　悠悠今古事得喪乘除暮四朝三又何異任掀天事業冠古文章有幾箇笙歌晚歲況滿屋貂蟬未爲榮記裂土分茅是公家世

又 丁卯八月病中作

賢愚相去算其間能幾差以毫釐繆千里細思量義利舜跖之分孳孳者等是雞鳴而起　味甘終易壞歲晚還知君子之交淡如水一餉聚飛蚊其響如雷深自覺昨非今是羨安樂窩中泰和湯更劇飲無過半醺而已

驀山溪 停雲竹逕初成

小橋流水欲下前溪去喚起故人來伴先生風煙杖

屐行穿窈窕時歷小崎嶇斜帶水半遮山翠竹栽成路　一尊遐想剩有淵明趣山上有停雲看山下濛濛細雨野花啼鳥不肯入詩來還一似笑翁詩自沒安排處

又 趙昌父賦一邱一壑格律高古因效其體

飯蔬飲水客莫嘲吾拙高處看浮雲一邱壑中間甚樂功名妙手壯也不如人今老矣尚何堪堪釣前溪月　病來止酒辜負鸕鷀杓歲晚念平生待都與鄰翁細說人間萬事先覺者賢乎深雪裏一枝開春事梅先覺

最高樓 醉中有索四時歌爲賦

長安道投老倦遊歸七十古來稀藕花雨溼前湖夜桂枝風澹小山時怎消除須殢酒更吟詩　也莫向竹邊辜負雪也莫向柳邊辜負月閑過了總成癡種花事業無人問惜花情緒只天知笑山中雲出早鳥歸遲

又 和楊民瞻席上用韻賦牡丹

西園買誰栽萬金歸多病勝遊稀風斜晝燭天香夜涼生翠蓋酒酣時待重尋居士譜謫仙詩　看黃底御袍元自貴看紅底狀元新得意如斗大笑花癡漢妃翠被嬌無奈吳姬粉陣恨誰知但紛紛蜂蝶亂笑春遲

又 送丁懷忠教授入廣渠赴調都下久不得書或謂從人辟置或謂復歸閩中矣

相思苦君與我同心魚沒雁沈沈是夢松後追軒冕是化鶴後去山林對西風且悵望到如今　待不飲奈何君有恨待痛飲奈何吾又病君起舞試重斟蒼梧雲外湘妃淚鼻亭山下鷓鴣吟早歸來流水外有知音

又 慶洪景盧內翰七十

金閨彥眉壽正如川七十且華筵樂天詩句香山裏杜陵酒債曲江邊問何如歌窈窕舞嬋娟　更十歲太公方出將又十歲武公方入相留盛事看明年直須腰下添金印莫教頭上欠貂蟬向人間長富貴地行仙

又 聞前岡周氏旌表有期

君聽取尺布尚堪縫斗粟也堪舂人間朋友猶能合古來兄弟不相容棣華詩悲二叔弔周公　長歎息春令原上急重歎息豆其煎正泣形則異氣應同周家五世將軍後前岡千載義居風看明朝丹鳳詔紫泥封

又 容有敗碁者代賦梅

花知否花一似何郎又似沈東陽瘦稜稜地天然白冷清清地許多香笑東君還又向北枝忙　著一陣霎時間底雪更一箇缺些兒底月山下路水邊牆風

滿怕有人知處影兒守定竹旁廂且饒他桃李趁少年場

又 用荅韻趙晉臣敷文

花好處不趁綠衣郎縞袂立斜陽面皮兒上因誰白骨頭兒裏幾多香儘饒他心似鐵也須忙 甚喚得雪來白倒雪便喚得月來香殺月誰立馬更窺牆將軍止渴山南畔相公調鼎殿東廂忒高才經濟地戰爭場

又 吾擬乞歸犬子以田產未置止我賦此罵之

吾衰矣須富貴何時富貴是危機暫忘設醴抽身去未曾得米棄官歸穆先生陶縣令是吾師 待葺箇園兒名佚老更作箇亭兒名亦好閑飲酒醉吟詩千年田換八百主一人口插幾張匙 咄豚奴愁產業豈佳兒

上西平 會稽秋風亭觀雪

九衢中杯逐馬帶隨車問誰解愛惜瓊華何如竹外靜聽窣窣蠏行沙自憐是海山頭種玉人家 紛如鬬嬌如舞纔整整又斜斜要圖畫還我漁蓑凍吟應笑羔兒無分漫煎茶起來極目向彌茫數盡歸鴉

又 送杜叔高

恨如新新恨了又重新看天上多少浮雲江南好景落花時節又逢君夜來風雨春歸似欲留人 尊如

海人如玉詩如錦筆如神更能幾字盡殷勤江天日暮何時重與細論文綠楊陰裏聽陽關門掩黃昏

稼軒詞卷第二終